句集

難波津

Naniwazu

Shiokawa Yuzo

塩川雄三

本阿弥書店

句集　難波津＊目次

装幀　片岡忠彦

句集

難波津

塩川雄三

初荷船

平成二十二年

幸二死すこの寒空をさまよひて

鐘強く強く鳴らして初詣

運河ゆく吃水深き初荷船

左義長の猛煙天と激突す

どんど火の崩れては又立ち上がる

裸木になんの衒ひもなかりけり

一羽翔ち二羽翔ち鴨の陣崩る

追儺会の人の流れに身をまかせ

豆を撒く誰も居らざる闇に向き

日脚伸ぶ影を持つものの持たぬものの

骨格を正してゐたる盆の梅

薄氷に水の生涯はじまれる

居心地のよき空あつて揚雲雀

故郷は今住むところ桃の花

揚雲雀太陽の位置確かめて
岩壁に神の在ませる国栖の奏

国栖奏の果てて無人の崖残る

お松明大和の広き闇焦がし

新装の宇治橋渡る誓子の忌
誓子の忌常と変らぬ海の色

春の波ほどよき距離の夫婦岩

鳥帰る国生みの島一とまたぎ

三鬼の忌使はずなりし水枕

森ぐるみ生くる証の囀れる

花の雲見て青空を忘れたる

桜散るまだまだ余力残しゐて

山笑ふ笑ふ自力のありにけり

揚雲雀すとんと落ちてそれつきり

曳航船ゆく春潮を掻き乱し

藤棚の下に坐しゐて動かざる

藤棚を潜りたくなり潜りたる
鯉幟川は川音たて囃す

強まつて来る潮の香や夏近し

牡丹の哀しきまでの白通す

夏の雲一団塊として動く

虹の輪を潜つて船の入港す

空へ伸ぶビルの宿命夏の草

花菖蒲水突き抜けて影もたず

滝落つる水の後押し繰りかへし
石ころとなつて保身の蝸牛

脚力は生くる力よあめんぼう

父の日の記憶の父の怖かりし

大植田水の平を天に向け
どこへ行く目処はなけれど道をしへ

完全な青一枚の大青田

向日葵の百の顔持ち百の笑

夏座敷素直な風の通りけり

夕焼の沖に生れて沖に消ゆ

日焼せし顔に貫禄出てをりぬ

水上の支配権もつあめんぼう

雲の峰古墳の山の上に聳つ
原爆忌常と変らぬ雲を見て

水を打つ後姿の美しく
白といふ美しき白雲の峰

大西日生駒山頂より届く

女性型男性型の雲の峰

秋の雷空には空の道がある

露けしや各駅停車生駒線

海峡を渡る大橋鳥渡る

海峡の上の秋天曇りなし

花野にて花の名覚えすぐ忘れ

法師蟬四角四面に鳴きゐたり

猫じやらし風を集めてたはむるる

月光を総身に浴びて野に立てり

船路ゆく船よ月には月の道
少し照れ少しはにかみ赤い羽根

木犀の匂うてその樹あるを知る
角伐らる鹿の荒息伝はり来

蛇穴に入る痕跡を残さざる

稲妻が無傷の空を切り裂ける

秋冷の夢の淵にて誓子恋ふ
せせらぎの音たかまつて紅葉谿

一輪の菊百の蕊千の蕊

今日の紅明日の紅あり紅葉谿

冬耕の重たき農具使ひゐて

綿虫と逢ひそれよりは煩はし

賽銭の音のさびしき神の留守

おでん屋に決まりし席のありにけり

黒門に魚の息吹き年の市

いらぬものついつい買うて年の市

なにもかもかなぐり捨てて山眠る

冬木立みんな無言に徹しをり

故郷を忘れてゐたる鴨浮寝

冬を病む吾に過ぎたる妻のゐて

誓子忌

平成二十三年

新年の挨拶きまり文句にて
初乗は単線電車生駒線

去年今年句帳の余白そのままに

快晴の空を濡らして出初式

七草粥香りのほどは食べられず

福笹の大きな流れ逆らへず

こんなにも快晴なのに山眠る
悴んで思案ばかりをしてゐたり

木枯の行方誓子の句を思ふ

はつきりと見えざる鬼に豆を撒く

三山の定位置にあり春隣

春の鹿旧知のごとく寄つて来る

野焼の火風の方向知つてをり

火の色に濃淡のあり蘆焼くる

地虫出づ地の声天の声聞いて

目刺食ふ昔の味と変らざる

がさごそと生くる音たて種袋

饒舌も寡黙もあつて山笑ふ

山笑ふ山の姿を崩さずに
春の鴨沈思黙考してゐたり

比良八荒湖の平を渡り来る

きびしさもやさしさのうち誓子の忌

誓子の忌やると決めたる道進む

城壁のいびつなる石花冷す

誇るべき高き城あり花曇

花吹雪逃れも出来ず浴びてをり

ふらここの揺れに限界あつてなし

百千鳥山門のなき竹林寺

学校に教会あつて復活祭

なまくらに生くも一生春炬燵

蒲公英の絮に始まる長き旅

灯台は白き直立夏めける

回廊のよき位置に立ち牡丹見る

代田光る水の張力みなぎつて

薪能はじまるまでの闇の寂

無防備といへば無防備梅雨に入る

花菖蒲揺れゐて影の色もたず

真つ直ぐに風の筋見ゆ菖蒲園

向日葵の日に従順に直立す

大いなる滝を背負うて滝落つる

青空の青傾けてラムネ飲む

毛虫這ふ方向音痴かもしれず

油照り艀溜りに艀満つ

黒南風に起重機の脚折りたたむ

一日の日焼けを加へ庭手入

轟音は快音として滝落つる

ぐうたらに生きて一生蟬時雨

遊船に歩板は独りづつ渡る

炎天に疲れきつたる漁網干す

鵜篝の点つて川の引き締まる

鵜舟揺れ篝大きく揺れゐたり

叱咤され叱咤され鵜のまた潜る

鵜篝の舳先に揺れて火をこぼす

秋めいて空港島を近くにす

たくましく生きて嫌はれ夏の草

大文字大の形になつて来し

蟷螂の風に向うて立ちあがる

稲雀安全地帯法隆寺

二面石二面とも好き秋の蝶

花芒颪を摑んで放さざる

ぼろぼろの歳時記愛し獺祭忌

長き夜の船は舷灯のみ点し

虫鳴いて平常心を取り戻す

だんじりの巨体かしぎて走り出す

畦道に提灯揺るる秋祭

露の玉こはれやすくてこはれざる

人生の余白少なし秋の暮

応答をくりかへしゐる鵙高音

一枝に執着をして松手入

案山子立つ無念無想の顔をして

草の花忘れられたるやうに咲く

太陽をほしいままなる吊し柿

綿虫が平群の里を先導す

石を噛む鍬の悲鳴や冬耕す

八方に山めぐらせる伊賀寒し

末社にも風格のあり冬紅葉

突堤の先に来たりて日向ぼこ

飛石にへばりつきゐる散紅葉

地に散つて地を燃え立たす散紅葉

座禅堂障子を固く閉ざしをり

気付かざるうちに咲きだす枇杷の花

買ふときは大きな決意日記買ふ

生涯を歩き通して枯野人

雪吊をして風筋の変りたる

多佳子忌

平成二十四年

初山河どんと居据る信貴生駒

長き列崩さずに待つ初詣

天井を独り占めして嫁が君

松の内松の内とて何もせず

生きてゐることに執着実南天

大寒の小さき石に躓けり

冬籠力をためてをりにけり

大寒に痛みし膝を引きずりて

藁苞の狭き世界や寒牡丹

お山焼忘れしころに炎上す

春の雪音なき世界作りだす
盆梅の根にも幹にも底力

うつかりと引いてしまひし春の風邪

受験生読み切れぬ本抱へゐて

魞挿して湖には湖の要所あり

諸子釣る琵琶湖一面真つ平ら

浮御堂楯とし春の鴨浮寝

浮御堂置き去りにして鳥帰る

揚雲雀空の広さの果てもなし

流れとは従順なものの春の水

蛇穴を出てゆつくりと動きだす

詩精神しつかり守り誓子の忌

風光る湖にぽつかり竹生島

築港は第二の故郷春の波

古井戸の木蓋の重し落椿

囀の一語一語を聞きとめて

駅ごとに桜の咲いて生駒線
通り抜け花屑は道飾りたる

藤棚を見る垂れ具合色具合

千年藤万の芳香放ちけり

壬生狂言床踏み鳴らし意を通す

壬生狂言炮烙木端微塵にて

紙風船子の足らぬ息継ぎ足して

蟻地獄この緻密なる大仕掛

夏霞城の威容を損なはず
多佳子の忌あつといふ間の五十年

多佳子の忌着物の多佳子しか知らず

紫陽花や頑固な吾は色変へず

風鈴の風選り好みしてをりぬ

蟬鳴いて森の深さを知らさるる

生き様も死に様もよし太宰の忌

操舵室梅雨空重く迫り来る

参道に白を極めし沙羅の花

好き嫌ひ口には出さず夏料理

七夕の願ひ誰にも見せられず
水打つて別の世界を作りだす

片蔭に半身入れて歩きをり

直角に曲り直進祇園鉾

夕焼けて大阪港の炎上す
炎天下休むことなく百度踏む

ただ暑し未来も過去も切り捨てて
ビヤガーデン星も仲間に加はつて

揚花火夜空を支配してゐたり
蟬時雨妻の小言の絶え間なし

盆休み果てて家族の散り散りに
蟬時雨池に鎮座の浮御堂

知らぬこといくつもありて敗戦忌

放生会飛び立つ鳩の自由得て

秋団扇無意識に手を動かして
それなりの陣地を守り虫鳴けり

秋潮の律儀に浜を洗ひをり

コスモスの揺れゐて平群谷揺るる

灯火親し視力の落ちしこと言はず
赤い羽根笑顔返してをりにけり

小鳥来て庭の存在感のあり

丹念に鱗を組める鰯雲

角伐られ鹿は無念の首を振る

山粧ふ男素顔で押し通す

石仏を恋うて飛びゐる秋の蝶

人間も結末のあり木の実落つ

菊人形隠しどころのありにけり

後の月空には月の道あつて

人生に行き止まりなし秋の雲

後もどり出来ぬ人生穴まどひ

平凡に生きて人生文化の日

薄紅葉濃紅葉あつて竜田川

玄室のでこぼこの石凍て極む
綿虫に重さのあつて浮き沈み

綿虫の浮遊してゐる古戦場

冬芒いまだ輝き失はず

人生の字余りもあり冬芭

数へ日の過去といふもの引きずつて

なにもかも放棄し尽し山眠る

短日の山より暮れてゆきにけり

菊人形

平成二十五年

初景色大阪捨てたものでなし

出初式天より水の戻り来る

出初式水は生き物空駆くる

誓子門継承をして去年今年

枯木にも力のあつて古き寺

初雪にかつて赴任の能登思ふ

垂るること宿命として長氷柱

雪吊の縄にそれぞれ任務あり

風花の地に着くまでの生命見ゆ

日脚伸ぶうかうかうかと日を過ごしをり

恋の猫出没自在すばやくて

針供養針持つことの減りし日日

火の進路にも自由あり野火走る

春の海またぎ大橋弓なりに

二月尽あつと言ふ間に過ぎにけり

蘆焼の火のつながつて天焦がす

啓蟄に地球がさごそ動きだす

梅林の視界のありし天守閣

藪椿無愛想なる藪飾る

おだやかな斜面を見せて山笑ふ

春の月ぽつかり空を支配して

駅ごとの桜単線生駒線

桜満つ今日が最高かと思ふ

枝垂桜静止することなかりけり

竜田川曲ればば花も曲りをり
青空と共存したる花万朶

人を見て川見て花の通り抜け
春眠にしばし己れを放棄して

神鈴を強く鳴らして春惜しむ

蝌蚪泳ぐ古墳の濠の濁りゐて

毛虫垂れ見えざる糸を武器として

突堤の先端洗ふ夏怒濤

蟻急ぐ重荷を負つて捨てきれず

幼なには幼なの時間搔氷

滝落ちて水は素直に流れゆく
木の橋に風情のあつて菖蒲園

花菖蒲ただそれだけの時に来て

幼子も飾りたてられ賀茂祭

天道虫数へ切れざる星負うて

水すまし水に映りし雲蹴つて

田植機のゆつくり進む水の音

短夜の机上散乱せしままに

梅雨の湖鈍色にして平らなり

湖西線梅雨の湖北へ直進す

火を曳くは闇を曳くこと蛍飛ぶ

緻密なる青となりたる大青田

草を引くはびこる力には勝てず

大西日電車ぐるみで捉へられ

雲の峰山を押さへて聳えたる

熱帯夜辛抱出来ぬ年となり

余生など知らずに蟬の鳴きゐたり

青空の青の哀しき敗戦忌

猫じやらし己が力で揺れてをり

思ひきり天を叩いて揚花火

残暑なほ空は青色保ちゐて
朝顔の律儀に花を開きをり

震災忌土砂降りの中帰りけり

稲妻の天に生まれて天に消ゆ

人生に終点はなしちちろ鳴く

月天心淡き灯点す無人駅

反故となる紙をふやして夜の長し

寺の萩乱るるといふ咲きつぷり

秋の雲山と共存共栄し
恙なく生きて飾れる赤い羽根

呼びかけてみたき近さに秋の山

毬栗の落ちても威容失はず

鈴虫のときに調子を崩したる
大役を果たせしやうに秋没日

畦道の刈田となつて現るる

たはむれに紐引いてみる鳥威

敗将も最高の菊衣裳着て

青空の青を集めて松手入

秋の夜の港は長く灯を点す

冬に入る使ひ馴れたる辞書繰つて

両肩に親の期待や七五三

先陣も後陣もあり鴨の陣

冬の暮あたりの闇を引き連れて

鐘の無き鐘楼大根干してをり

山眠るその懐に吾も寝て
静かなる寺に静かに寒牡丹

枯菊の枯れて末期の香を放つ

使はざる錆びたる針も針供養

丸窓の障子は丸き影を生む
山眠る吾にも眠る時間欲し

あとがき

句集『難波津』は、『築港』『荒法師』『潮路』『海南風』『舷燈』『海峡』につづく第七句集である。平成二十二年から平成二十五年までの三三六句を自選した。

句集名の『難波津』は難波江の要津。古代には、今の大阪城付近まで海が入りこんでいたので、各所に船瀬を造り、瀬戸内海へ出る港としていた。大阪生まれの大阪育ちでもあり、仕事も大阪港が勤務地でもあったのでこの句集名に心ひかれた。結社名も「築港」にしているので大事に育てていきたい。平成六年の山口誓子逝去後、俳誌「築港」を出発して二十四年、会員皆様のご協力を得てがんばっている。今年数え年で八十八歳、米寿である。自祝の意味で句集出版できたことは嬉しい。

出版にあたり本阿弥書店の黒部隆洋様には種々お世話になり、「築港」では小林壽雄様にお手伝いいただき感謝いたします。

平成三十一年一月

塩川　雄三

著者略歴

塩川　雄三（しおかわ・ゆうぞう）

昭和６年８月26日　大阪市生まれ。
昭和24年　高校２年生のときに担任の津本漁史（馬酔木南風会）に俳句をすすめられて山口草堂に師事。
昭和30年　「雨月」「諷詠」を経て「七曜」「天狼」に入会。橋本多佳子、山口誓子に指導をうける。
昭和38年　七曜賞受賞、「七曜」同人となる。
昭和50年　天狼コロナ賞、天狼賞を受賞して同人となる。平成５年の「天狼」終刊まで編集担当。
平成６年　３月山口誓子逝去。４月に「築港」を創刊して主宰となる。
平成25年　大阪府文化功労賞受賞。
現在、俳人協会評議員、日本伝統俳句協会会員、大阪俳人クラブ名誉会員、奈良県俳句協会理事等。

現住所
〒630-0226　奈良県生駒市小平尾町秋津1008-16

句集　難波津《なにわづ》　　　平成の100人叢書㊻

2019年１月25日　発行
定　価：本体2800円（税別）
著　者　塩川　雄三
発行者　奥田　洋子
発行所　本阿弥《ほんあみ》書店
東京都千代田区神田猿楽町2-1-8　三恵ビル　〒101-0064
電話　03(3294)7068(代)　　振替　00100-5-164430
印刷・製本　三和印刷

ISBN 978-4-7768-1409-2 (3125)　Printed in Japan